KB005434

핏줄은 따스하다, 아프다

김금용 시집

문학세계사

최근 중국 선양에 이어 일본 히로시마까지 5년,
총 30년 간 해외를 떠돌았다

우리 선조들의 역사는
여전히 중국, 일본, 러시아 곳곳에서
숨쉬고 있었다

핏줄은 따스하다
그리고 아프다

미흡하지만 이런 역마살의 서정적 충돌을
한 권의 시집으로 묶었다

김 금 용

2 히로시마 까마귀

3 서울, 뿌리에 걸려 넘어졌다

1
선양, 고구려의 바람

과꽃 마을

조선족 명성 마을에 과꽃이 피었습니다.
어머니 나라 사람들 온다고 신작로 만듭니다
과꽃을 심어 놓고 손 흔듭니다
백 년 간 지켜 낸 조선말,
마침내 한국 동포 온다고
조선족 할머니 할아버지 과꽃이 되었습니다.
색색의 한복을 차려입고 과꽃이 되었습니다

가마솥에 찐 옥수수와 고구마를 바구니 채 건네며
주름 그늘 깊게 눈웃음 터뜨립니다
고추며 가지 상추를 심어 놓은 울안 텃밭에도
두만강 건너온 고향 햇살이 넘칩니다.
시선만 마주쳐도 눈시울 젖는 두만강 유역에
서툰 한글로 명성촌이라 써 놓은
이정표 앞에 과꽃이 사무치게 붉고 밝습니다

고구려 때부터 지켜 낸
조선족 집성촌이

초가을 햇살을 등에 업고
함께 과꽃인 양
제 색에 겨워 저들끼리 출렁입니다

서탑 거리

서탑엘 간다
중국 동북의 수도 선양시 서탑 거리를 간다
70~80년대식 카바레에
역전 식당풍 간판이 요란한 서탑엘 간다
고구려 땅이었다가
독립군 활동이 뜨겁던 봉천奉川이었다가
모국은 한국이나
조국은 중국인 조선족 거리에
북한 사람과 탈북자가 뒤섞인
한국 교민의 거리
서탑엘 간다

한국의 역사가
백제원, 신라성, 고려원, 이조가든으로 나붙은 거리
북한의 모란각, 평양관, 동묘향관이 나란히 선 거리
신사임당 · 가야원 떡집, 남원추어탕, 전주집도 모자라
서울가마솥, 수원갈비, 황해노래방, 부산사우나로 간판
을 내건 거리

모국어 하나면 다 통하면서도
중국인인 척, 한국인인 척, 조선족인 척,
북한인은 모른 척 아닌 척
어깨를 스치다 된장국 한 그릇에 마음을 여는 거리
다른 나라 이름을 멍에로 달고
패인 웅덩이마다 회한이 봄비로 질척이는 거리
한국어가 국경선 도시 단동 앞 압록강 너머
신의주 너머 38선 너머
고구려 바람에 이끌려 뒤엉키는
중국 속의 한민족의 거리
서탑엘 간다

평양관 아가씨

잘라 먹으면 맛이 없습네다
그냥 이빨로 베어 물으시라요
메밀 향이 입 안에 고인단 말입네다
냉면 사리를 잘라 달라는 한국 손님들에게
단호하게 한 수 가르치는 평양관 복무원 아가씨,
잎새 나기 전 붉은 꽃부터 달고 나오는
무악재 뒷산 너럭바위 틈에 핀 진달래
딱 그만하다
새마을운동 덕분에 초가집 대신
빨간 양철 지붕 씌운 고향 느티나무 집 새색시
딱 그만하다
조신한 조선 말씨에 살가워지는 정겨움
낯선 중국 선양 땅에서 만나도
서로에 대해 물을 것도 없이
딱 그만하다
더도 덜도 없이 딱 그만하다

뤼순 감옥의 오랑캐꽃

뤼순 감옥에 오랑캐꽃이 피었다
안중근 의사의 독방 아래 보랏빛 봄이 열렸다
독한 시멘트 기운만을 먹고 자라
한여름에도 을씨년스런 붉은 담장 밑
나라 잃은 죄명에 갇힌 독립군들의 도르래였을까
교살장으로 인도하던 일본인 교도관 발 아래서
응원의 깃발인 양 흔들었을 테지만
용수를 뒤집어 쓴 사형수 안중근 코끝에
제 딴에는 봄인 양 선물했을 테지만
백 년 전이나 백 년 후나
무심히 평화롭기만 한 하늘은
하얼빈 기차역에서나 뤼순 감옥에서나
변함없이 봄을 끌어안고 뒹군다
불씨인 양 오랑캐 꽃망울을 쥐어 준다

백두산 개미취꽃

너와 눈 맞추기 위해
햇살이 무릎 꿇는 걸 몰랐다
햇살이 젖을 물리는 걸 몰랐다
조선 땅 경계에서도
중국 땅 경계에서도
팔다리를 땅에 붙인 채 너를 찾아
백두산 산정의 칼바람을 몰고
유월에도 함박눈이 내리는 걸 몰랐다

부피도 크기도 가늠할 수 없는 햇살이
어느 국경에 속하든
사상과 당파를 따지지 않은 채
오직 너의 눈높이로 엎드려
순한 눈빛으로 너에게 다가가는 걸 몰랐다

선조들의 핏빛 통한이 눈비가 되었던가
붉은 조선 흙덩이에 뿌리를 박은
네 꽃그늘은 그래서 습하고 누추했던가

팔을 뻗어 네 아래를 더듬으니
길잡이 어린 곤충이 가득하구나
뻗어 나갈 새 길을 찾고 있구나
남으로 남으로
가늘고 긴 뿌리를 뻗고 있구나

붉은 벽돌담

지나가다 팔이 닿았다 생채기가 났는지 붉은 피가 비친
다 만져 보니 피가 아니다 붉은 벽돌담이 하, 짓궂어라 제
눈물바람을 묻혀 놓은 것, 키득거리며 침 뱉으며 까탈 부
리는 계집을 닮았는지 눈물바람을 내게 들킨 것

차갑고 도도한 네가, 끄떡없이 밤을 잘 견디는 네가, 너
와 나 사이 벌어진 거리 아랑곳 않고 의젓하게 침묵하던
어르신 같은 네가,

고구려 산성 오르는 외진 길가에 주인이 버리고 간 붉은
담장 하나 길 잃고 헤매는 수달이 되어 상처를 들여다보는
관광객들에게 이를 드러내며 으르렁거린다 다시 버림받
지 않겠다고 상처 부위에 비 맞아 썩고 뭉개져도 장승인
양 산성 찾는 한국인들의 이정표로 선다 가까이 다가서는
이의 팔에 생채기 묻히면서 간혹 눈물바람 들키면서,

세상 읽기

오바마와 후진타오가 초바늘을 밟고
진땀을 흘리는 시사만화를 보니까네
내래 제일 속 편한 사람입데다
내 아들 놈은 상해에서 돈 벌고
마누라는 한국에 가 돈 벌고 있어서
내 혼자 밥 짓고 빨래하며 집 지키지만
내 제일 속 편하단 말입네다
나같이 깨끗하게 살기도
이 고장에선 쉽지 않단 말이지
모두 돈맛에 빠져 눈이 벌건데
어린 아갸들 놔 두고 모두 서울로 서울로 가는데
나처럼 돈 관계 않고 대접받을 순 없단 말입네다
난* 시인이니까네,

*중국 선양의 리문호 시인.

호사

한밤에 여든 살 할머니가 마실을 가시네
비 내리는 여름밤을 통째로 메고 가시네
어둠이 엎질러질까 봐 우산 받들고 가시네
고인 웅덩이마다 눈도장 한 번씩 찍으며 가시네
낮은 처마 아래 어깨 굽은 가게를 찾아가시네
대형 슈퍼마켓은 어지럽다고 서 있기만 하던 할머니
주머니에 동전 몇 닢 달랑거리는 날이면
빗줄기 친구 삼아 뒤뚱뒤뚱 집을 나서시네
압록강 너머 말동무 그립다고
한여름 밤 마음 호사 부리러 마실 가시네

두만강 누렁이

북한 땅 무산 앞
두만강 국경선 경계 다리 아래
한우 두 마리
양쪽 시선을 모르는 척 풀을 뜯는다
소유주는 중국 국경선 경비병이지만
종자는 분명 조선 한우이니
북한 경비병들 저희 쪽으로 오라고 손짓한다

벌거숭이 산이 되어 버린 북한 쪽으론
발걸음 할 게 없다고
묶지 않아도 가지 않는다고
중국 경비병들이 킬킬거리는 소리
누렁이라고 아픈 현실을 눈치 못챘을까
강 한가운데 삼각주에서 꼼짝 않는다
고개 숙인 채,

야몽野夢

모자를 깊숙이 눌러쓴
얼굴은 보이지도 생각나지도 않는
백두산만 한 사내 그림자가
별무더기 한 짐 치마폭에 쏟아 놓으며
내 입술을 훔친다

성산포의 미역 비린내가 난다
천당폭포 시린 물줄기에
하늘공원 억새밭의 속삭임도 끼어든다

놀래 눈을 뜨니
압록강 앞 단동시로 가는 버스 안,
주몽이 고구려를 세운 오녀산성이 에워싸고
보름달에 취한 나무들이 경비병처럼 나를 에워싼다
그 사내는 주몽이었을까

백암성의 바람

돌아가야 할 때인가 보다
옥수수 긴 고랑을 벗어나야 할 때인가 보다
시퍼런 태자하太子河 깊은 수심이
고구려 유민들의 오열을 삼키는
저 백암성 무너진 성벽을 기어오르면
천 년 전 고구려 유민들의 핏물 얼룩진
길도 없는 길 위에
기다렸다는 듯 강바람이 아귀처럼 덤빈다
무명으로 죽어간 넋들의 통곡일까
천 년의 바람이 초혼 굿판을 벌이는 것일까
한여름 때 없이 불어오는 사나운 바람
성 주변의 눈물 삼킨 풀들이
내 발등을 물어뜯는 속내가 모질다
태자하가 털어 놓은 간증이 참 아프다

돌아가야 할 때인가 보다
돌과 흙으로 나뒹구는 만여 명의 유민들
그들의 한을 안고 돌아가야 할 때인가 보다

두만강 너머 압록강 너머
따뜻한 남녘으로 돌아가자고
달래야 할 때인가 보다

집안시 고구려 돌무덤

관이 열렸을 때
틈으로 새어드는 햇살 한 줄기부터 보았어
천 년 전 비단 옷과 머리칼 여전히 생생하지만
멈춰 버린 내 심장을 어떻게 바꿀수 있을지 햇살부터
찾았어
감당할 수 없는 욕심임에도
죽어도 죽지 못한 내 영혼만으론 일어서지 못할 것임
에도

썩은 내장에 발꿈치에 심장에
한여름 햇살을 사흘이고 한 달이고 마구 들이마셨어
아기가 젖을 물고 빨듯
뿌리로부터 푸른 이끼가 자라고
움터 오를 때까지 들이마셨어
어제와 다른 꿈틀거리는 오늘의 새 빛을 받아 마셨어
상상 입덧을 하고 구토를 하며 배를 불렀어
창을 열고 긴 담장 너머 오녀산성으로 가는
뭉게구름이랑 낮달까지 불러들였어

안개 바다를 빠져 나가는 길 위에서 외쳤어
앞길이 어디야 난 다시 일어서는데
어디야 저 고개를 넘으면 모국어가 통하는 곳인데
왜 휘어진 등을 보이지
난 이렇게 부활을 꿈꾸는데

연변의 봄

　겨울이 길어서, 궁핍이 길어서, 백 년을 살아도 된장찌개에 김치 맛을 버리지 못해서, 코리안드림을 갖고 서울로 서울로 돈 벌러 떠난 조선족 마을에 늦은 봄볕이 내려앉는다 햅쌀밥처럼 고소한 황금가루 햇살이 흙먼지 덮인 누런 들판에 모종을 한다 북한 땅이 지적인 두만강 상류 따라 조선족 자치주 길림성의 연변에서부터 용정, 도문까지 휘휘 돌다가 내친 김에 북한의 회령, 무산, 남영 속까지 들어가 헐벗은 산을 돌아보는 봄볕, 북녘 땅에 남겨진 친척들 몫까지 챙기는 연변 조선족들 위해, 서울 간 자식들 대신해서 손주들 지키며 논밭을 일구는 조선족 노인들 위해, 고루고루 금실 은실 햇살을 뿌린다 한우 떼도 조선 농부 심성 그대로여서 들판을 지키려는 것일까 관광 차량이 마구 지나가지 못하게 길을 막는다 담장 밖까지 줄행랑을 치는 닭들과 함께 껑충거리는 어린 송아지들, 저 몇 놈쯤 개울 너머 북한 땅으로 건널 수도 있으련만, 그들 색맹의 눈으로도 여린 풀 내음이 가득 피어오르는 곳을 식별할 줄 알아 땅값 센 두만강 남녘, 지금은 중국 땅, 연변 들판에 전입 신고를 한 모양이다

굴원이 던진 낚싯줄

오백 년 전 굴원이 던진 낚싯줄에
올해도 고단한 고기 하나 엮였다
비늘도 부레도 많이 상해서
꼬리조차 허연 반점이 많은 중국 할머니
굴원이 띄운 용주龍舟를 타고 하늘길 나선다
어금니 치료를 잘못해서 눈을 위로만 치켜뜨면서도
중풍으로 거동이 불편한 할아버지의 애꿎은
울화를 수십 년 받아 주던 애꾸눈 할머니
유월 단오절 아침, 길 떠나셨다
한 솥 찐 만두를 소반에 벌여 놓은 채
할머니는 조그맣게 몸을 웅크리고
장강에 띄운 용주를 타고 떠나셨다
굴원의 낚싯줄을 할멈이 먼저 낚아챘다고
역정을 내는 할아버지를 남겨 놓고

상상임신

발길질 하지 마, 메스꺼워, 산에 가면 산귀신이 물에
들면 물귀신이 새벽까지 달려들어서 내내 울렁거려, 결
혼한 지 한 달 만에 노동 개조소에서 사내아이를 낳고
이십 년째 남북으로 헤어진 남편 소식을 기다렸다는 조
선 동포 여인처럼, 푸른 비상구를 매일 들여다보며 창틈
으로 새드는 바람소리에 귀 기울이며 문을 뜯어 버릴까,
푸른 등에 돌이나 던져 버리고 도망칠까, 오늘 내일 다
시 내일, 모의에 모의를 거듭하면서도 꼼짝 못하는 나는
햄릿인가 나무늘보인가 몇 날 며칠을 빛 한 점 안 드는
내 안 동굴에 주저앉아 물만 마시고도 차오르는 가스 때
문에 질식할 것 같아 허전해진 자궁이 아기를 찾는 것일
까 헛구역질에 눈물을 흘리면서도 보름달 하나 냉큼 삼
키고 싶은 것일까 만삭의 배를 자랑스럽게 드러낸 브라
질 여인이 거리에서 키스를 퍼붓고 있을 때, 치마 아래
로 넘쳐 흐르는 양수는, 양은 냄비 뚜껑을 들썩이며 끓
는 라면처럼 고통과 환희의 합창, 살아 있는 숨소리가
그리운 것일까, 귀를 대본다 제 목소리를 내며 저마다
와글와글 움트는 떡잎 소리, 분주한 발자국 통통 내딛는

아기들 숨소리, 어쩌나 저들이 다 일어나 온 천지로 기
어 나오면 발바닥 간지러워 걸을 수 없을 텐데, 어쩌나
푹푹 신발 밑창을 찌르고 올라올 저 억세고도 눈물겨운
숨쉬기를, 걸을 적마다 총알 채우며 일제히 내게 조준할
저 숨막히는 정적을, 쉿, 발길질하지 마, 메스꺼워,

떡가루비 내리는 한가위

가는 비 내리는 한가위 전날,
중국인 조선족 아낙네들
흑룡강 햅쌀로 송편을 빚는다
평상 한편에서 곰방대 피우시던 조선족 시아버지
넌지시 말씀 하나 보태신다

보름달 못 본다고 서러워 마라, 이 비는 떡비야, 떡비
봄에는 일하라고 내리는 일비
여름에는 잠시 쉬어 낮잠 자라고 내리는 잠비
겨울에는 농한기이니 술 마시라고 술비가 내려서
지아비와 제때 눈 한 번 마주치기가 어렵지만
한가위에 내리는 이 비는
가을걷이 뒤, 떡 해먹고 일찍 자라고 내리는 비거든
그 덕에 자식 만들기 좋은 꿀비지,
농사짓기 딱 좋은 단비가 내릴 때
농군들은 목 빼고 기다리지, 모내기 때 내리는 못비를
때론 심술 맞은 여우비, 바람비, 도둑비에
마른비, 잔비, 실비, 싸락비, 날비, 발비, 작달비, 달구비,

거기에 건들장마, 우레비까지 시비를 걸어오지만
뭐니 뭐니 해도 떡비 때문에 또 한 해 넘어가지
그렇지, 고루고루 떡시루 가루가 내려오니깐 말야

시아버지의 곰방대를 빠져나온 담배 연기가
가루비에 섞여 동글게 송편을 빚는다
송편 솔향이 이웃 중국집들 사이를 빠져나간다
지아비 지어미 모두 한국으로 가 버린
조선족 아이도 솔향 따라 굴뚝 너머를 올려다본다
부모 얼굴 섞여 내리는 가루비를

사월의 눈꽃

봄이 늦은 만주 선양에
황량한 공업 도시 4월에
눈꽃이 피었네
벚꽃보다 더 순결한 눈꽃이 피었네
고국 땅 여의도 벚꽃 소식에
봄이 고픈,
맘까지 겨울인 한국 교민들에게
하느님이 위로의 눈꽃을 보내셨을까
겨울나무 가지처럼 움츠리지 말라고
4월은 잔인하지도 황무지도 아니라고
예수님 부활에 눈 뜬 4월 눈꽃이라고

손님 없는 가게를 여는 서탑 거리 교민들,
총총거리며 하루치 일터로 나가는 조선족들,
구별 없이 굽은 등을 어루만지시네
머리 위에 눈꽃을 얹으시네
춘사월에 눈꽃이 손 흔드네
가난한 사월을 배부르게 하네

개성댁 시어머니

시어머니는 어둠 속에 숨는 걸 좋아하신다
나랑 숨바꼭질 내기를 좋아하신다
설거지를 하다가 돌아보면
컴퓨터에 앉았다가 돌아보면
뒤통수 어디선가 숨소리만 들린다
어둔 방에서 내 거동만 지켜보시는 어머니
왜 불도 안 켜고 계시냐고 물으면
말씀 한 마디 없이 무안해할 뿐,
어디 계세요, 부르면
야단맞는 아이처럼 방문 옆에 비켜설 뿐,

시어머니가 햇살 아래 당당히 설 때는
집 옆 공원이나 들판으로 나갈 때뿐,
중국 할머니들과 말 섞지 못해 서운해하다가도
이국땅에서도 똑같이 생긴 꽃다지, 냉이가 반가워
어떻게 다듬고 무치는지 설명할 때뿐,
피난 나오기 전 개성도 진달래가 한창이었다고
절여 둔 추억에 마음이 뒤엉키는 어머니

고구려 옛 땅 선양에 오신 뒤로
치매 때문에 기억력이 없어진 뒤로
열 살 아이가 되어 버린 시어머니는
단동대교 너머 신의주 바라보며
송악산 아래 개성을 가늠해 볼 때만
제비꽃 반지 낀 일곱 살 아이처럼 웃으신다
늦가을 햇살 하나 목에 걸고 웃으신다

4월의 폭력 앞에서

법정스님의 '아름다운 마무리'를 읽다가
거울 앞에 핀 빨간 장미꽃을 본다
잔혹한 4월이 던진 환상인가 착각인가
빨간 병뚜껑이 두 겹으로 거울 모서리에 비치면서
갑자기 눈앞에 펼쳐지는 저 거울 속 착시

46명의 피 끓는 젊은이들을 바다로 내 몬 천안함 침몰,
300여 명을 바다에 수장시킨 세월호 침몰 사건,
춥고 메말랐던 대지를 적시고 일으켜 세우기 위해
그토록 많은 희생양이 필요했다는 말인가

바다를 건너오다 날개가 찢긴 부전나비의 꿈이
상처투성이 몸으로 화두를 던진다
눈에 보는 것만을 믿기 급급해 온 내게
아름다운 마무리는커녕
아름다운 시작도 터득하지 못한 내게
빨간 병뚜껑은 물병 위에서 꽃으로 환생하여
가슴으로 받아들이라고 속삭인다

개가 바라보는 세상

내가 바라보는 세상은 일 미터 이내
내가 바라보는 세상은 오직 세 가지 색깔
대지에 코를 박고 잠들 때 감싸 주는 푸른 공기와
낯선 자를 공격할 때 덮쳐 오는 까만 어둠
일용할 양식을 들고 오는 아줌마의 흰 앞치마
그 밖의 색깔은 내겐 필요없다
콧등을 어루만지는 다섯 살배기의 서툰 애정이나
술 취해 귀가할 때만 반기는 주인 아저씨의 세상 냄새
함께 집을 지키는 주인 아줌마의 외로운 잔소리
코만 들이대면 모든 변덕이 냄새로 감지된다
나는 변방에 머무는 아웃사이더
사람들 세계로부터 소외된 방관자
하느님조차 나와 눈빛을 맞추지 않지만
게릴라처럼 달겨드는 천둥, 번개의 말씀이나
낮은 대지로부터 구름 밖 하늘의 말씀까지
나의 예언은 정확하다
열린 맨홀을 돌아나가라고 경고하는 것도
낯선 이의 통행을 먼저 차단하는 것도

골목을 지키며 이웃 파수꾼과 교신하는 것도
모두 나의 하루치 몫
냄새 나는 사람들의 하루를 지켜 내는 나의 몫
외로워 싸움을 거는 사람들 향해
불을 켜도 어둠을 쫓지 못하는 세상을 향해

2
히로시마 까마귀

완전범죄

청둥오리 한 마리가
호수에 빠진 하늘을 밀며 간다

푸른 동아줄을 목에 메고
삼각형으로 물길을 쪼갠다

물살은 쫓아가며 재빠르게
부서진 하늘과 흰 구름을 거둬 낸다

붉은 잉어가
못 본 척
물밑으로 숨어든다

산음山陰을 지나며

산 그림자 길어
봄이 한창 늦은 산음山陰 마을
잔설이 발목을 잡아
빠져나가는 길이 고되다
오죽하면 도연명의 출운出雲을 마을 어귀에 걸어 놓고
지나는 이의 마음을 붙잡을까
아랫마을은 모가지 채 떨어지는 동백이
온 숲을 붉게 물들이는데
여전히 눈 덮인 산음山陰 마을의 지붕들은, 길은,
수심 많은 산골 여인네를 닮았는지 돌아보게 한다
봄비도 그 마음 어찌 알고
산길 뒤따라오며 길을 지운다
해는 짧아 산새 날갯짓 소리까지 멈춰 버린 산음 마을
봄비 앞세워 떠나가는 이와
돌아올 당신을 챙기는
산그늘 길게 굽은 산길이
더디고 깊다

산단교三斷峽에 들어서면

일본이건 한국이건
산들도 혼자 떨어져 있긴 싫은 걸까
산끼리 어깨를 감싸고 선
히로시마 근교 산단교 골짜기에 들어서면
낯선 외지 사람이 왔다고
삼나무 숲이며 산길이 숨을 죽인다
발자국 내딛을 때마다
수줍은 고향 마을 아이들처럼
나무 뒤에서, 너럭바위 뒤에서
저들끼리 키드득거리느냐고
가지 사이로 햇살 밟히는 소리
산 그림자 흔들리는 소리
귀가 먹먹하다

산새들은 모두 어디 숨었을까
도시의 온갖 구린 냄새와 자동차 소음을
끌고 들어온 나를 내치는 것일까
삼나무 뿌리를 휘감는 계곡물에

세족洗足부터 하라고
새들까지 일본인들처럼 숨죽여 지켜보는 것일까
계곡물 따라 걷고 또 걸어도
끝내 풀지 못하는 저들의 화두
오늘은 여기 계곡에 발 담고 손 씻으며
숨죽인 천뢰天籟에 귀 다 내놓고
저들의 속 이야기 좀 들어야겠다
뿌리 등걸에라도 앉아서 기다려 봐야겠다

8월 6일* 8시 15분

미군 티니안 기지를 출발한
기상관측 1호기가 히로시마 상공을 선회했다
뒤따르던 원폭 탑재기 B29에 최상이라고 알렸다
B29 조종사 폴 티페츠는 어머니 이름을 딴
에놀라 게이를 몰다가 고도 9,600미터 상공에서
싣고 온 원자폭탄을 떨어뜨렸다
습하고 끈적거리는 히로시마시 분지의 8월 6일 아침,
경보 사이렌에 이골이 난 시민들은
시내 중심까지 날아드는 미군 B29를 보면서도
출근을 위해 전차를 타러 뛰어갔고 줄을 섰다
한국인 징용자들도 일본 의용대 학생들과 함께
연쇄 화재 우려가 있는 판잣집을 부수고 있었다

원폭 투하로부터 45초 후,
히로시마 하늘엔 검버섯 구름과 흰 연기 기둥이
1만 7천 미터나 치솟았다
조종사 폴 티페츠 중령은 뒤돌아보며 외쳤다
"What have we done?"

44

뭘 한 거야 지금, 우리가!
비행기 안에까지 밝은 빛이 눈을 찔렀다
검은 구름은 지상 3천 킬로미터까지 치솟았다
강줄기 다섯 개가 내해로 모여 나가는 군사 도시
히로시마는 중심지부터 타기 시작했다

*1945년 히로시마에 원폭이 투하되었던 날.

8월 6일 꿈

어젯밤 꿈에 기차가 찾아왔다
히로시마에서 원폭 맞은 시아버님을 싣고,
뉴욕과도 바꾸고 싶지 않다던
피폭 전 청년 모습으로 오신 아버님,
60년이나 지나서야 히로시마를 찾아든 나의 남편에게
당신의 청춘, 풀지 못한 유한有恨을 부탁하시는 것일까
고름은 피가 되는 게 아니라던
몸속의 혹은 잘라 내는 게 최선이라던 아버님 말씀,
독도와 위안부 문제 등등
민족의 상처를 들깨우는 2012년 8월,
일본은 군사 대국이 되어서는 안 된다고
일본이 평화 국가가 되지 않는 한
죽어도 눈 감을 수 없다던 시아버님께서
형형한 눈빛으로 날 찾아오셨다
6천 도의 지열에 덴 얼굴을 내게 돌리시고
저 생에서도 어둔 그늘에 가려진
축축한 몸을 주물러 달라 하신다

히로시마 까마귀1

1945년 8월 6일, 히로시마에서 살아남은 건
날 수 있었던 까마귀 떼뿐
원폭으로 죽어간
조선인 사체로 배불린 까마귀 떼뿐,

"아이고, 어머니"
한국어로 신음한 까닭에
물 한 모금 마시지 못하고
화장火葬조차 허락하지 않아
끈적이는 8월 폭염 속에 죽어간
조선인 만여 명,

일본인 화가 이리 마루끼 부부*가 그린
까마귀 떼 연작엔
흰 치마저고리가 상단에 떠서
하늘을 날고 있다

저승사자 까마귀들이

일본인 대신 조장鳥葬*을 베푼 걸
흰 치마저고리 상복 그림으로 고발한 것
남의 땅에서 죽음조차 차별받는 조선인을
동해를 건너 넋이라도 갈 수 있게
몸은 버리고 혼이라도 날아갈 수 있게
조장을 치러 준 까마귀를 기리는 것

길조 히로시마 까마귀는
그래서 지금도 날 깨운다
피하지 말라고
기억해 달라고,

*이리 마루끼(1901~1995)와 도시 마루끼(1912~2000)는 원폭을
맞은 히로시마와 나가사키와 최초의 미군 점령지 오키나와 등
을 돌아다니며 전쟁의 광기와 참상을 그림을 통해 고발한 화가
부부.
*시체 처리를 조류에게 맡기는 장례법으로 인도의 배화교도나
네팔의 티베트인, 중국 서장의 라마교인은 아직도 이 조장을 치
른다.

재일교포 3세, 조씨

너희 엄마는 재혼했니?
갑자기 네 성이 왜 권씨에서 조씨가 됐니?
일본인 담임 선생님이 묻는다

할아버지는 불법 입국자였다
위조 여권을 만들어 다른 사람 성을 빌려 살아 왔다
할아버지가 돌아가시고 아빠가 결혼을 하고도
우리 집 성은 그래서 권씨였다
할머니가 여든 살이 넘어서야 마지막 유산처럼
돌려놓으신 조씨 성,

부모님이 쓰레기 재활용 수집으로
생계를 꾸리는 동안
한국어는 다 잊고, 잊은 척하고
60년을 일본인으로 살았다
여전히 참정권은 주어지지 않았지만,
외국인으로 등록된 차별을 받았지만,
그래도 세 끼 끼니에 선진 교육을 받았으니

자식들에게 할 일을 다 하셨다고 눈물을 삼키셨다
불법자 강제 추방 기한을 넘긴 덕분에
조상의 성을 찾았지만
돌아갈 고국이 없는 가계家系,
조씨는 재일교포 3세, 일본인으로 살면서도
한일 관계가 나빠지면 같이 혐한嫌韓 시위에 몰리는
국적 없는 영원한 외국인, 자이니찌在日이다.

이국의 비

윤동주 시인이 후쿠오카 감옥에서 맞았던 비는
나라 잃은 국민이어서
도리 없이 무릎 꺾였던 씁쓰레한 비

나가사키 군함도에 수몰된
장생 탄광에 수몰된
조선 징용자들이 맞던 비는
검은 땀과 피로 얼룩진 검은 비

2014년 히로시마에서 내가 맞는 비는
외세 침입 한 번 없이 정부에 순종해 온
전체주의적 질서에 눌린 냉랭한 비

일본에선 재일교포로, 중국에선 조선족으로
러시아에선 고려인으로 돌아갈 날을 기다리다
통일의 단꿈을 빨다가
꽃잎 사이에 기진해 누워 버린
남북 분단의 벌꿀이 날갯짓하는 비
내 나라 찔레꽃 향이 머리 드는 비

왜가리 같다

한 시간째 뱃머리에 서 있는 왜가리
바닷물 따라 올라올 물고기를 기다린다
끈덕진 낚시꾼이다 싶었더니
순간 강 아랫녘으로부터
까맣게 몰려드는 가마우지 떼에 놀라
멍청한 구경꾼으로 바뀐다

수면을 빠른 알레그로 박자로 두들기며
날개로 물결을 차며 내리꽂는 공격수들
그때마다 물갈퀴에서 하얗게 지는 물 벚꽃들

새끼줄에 목이 묶여
갓 잡은 물고기를 뱉어 내고 마는
어부의 노예 가마우지가
떼로 몰려들어 분탕질 칠 줄이야
어처구니없어 구경만 하고 서 있는 왜가리,
깔보다가 나라 잃었던 우리네 같다

무정란無精卵 난의 사랑법

피폭 도시에서 평화의 도시로 재활한
히로시마로 이사를 오면서
제자리를 잃어버린 동양난 화분이
컴퓨터 책상 위로 올라앉았다
햇살 넘치는 남쪽 나라로 왔음에도
바다 건너 서울집 쪽창을 향해 목을 치켜들고
자궁부터 열고 꽃대를 내민다

저만의 사는 법을 터득한 것일까
창밖으로 지나는 나비와 벌과 잠자리까지
눈인사만으로도 마음과 몸을 달궈
혼자 사랑하고 혼자 탯줄을 자른다
키스 한 번 나눈 적 없어도
무정란의 사랑을 쌓아간다
인고의 영롱한 수액을 꽃잎마다 매달고
날개를 편 채 숨죽이고 선다
언제고 돌아갈 날을 위해

교바시가와 京橋川

멀리서 바라볼 땐
담배 물고 어깨 웅크리고 앉은 아버지더니
어둠이 몰려드는 사랑방의 아버지더니
강 머리를 베고 잠들어 보면
쪽상에 우거짓국 하나 차려도
분주하기는 똑같은
한겨울에도 진땀 흘리시는 어머니더라
물고기 찾아 두리번거리는 물새들에게
지나는 객에게 숟가락 쥐어 주던 우리네 어머니더라
잠든 한밤에도 쉬지 않고
빗장 지른 문을 열고 길 떠나는 기차나
겨울나무 틈새를 비기고 들어서는 바람까지
등 두들기며 배웅해 주는 내 땅 어머니더라
강물에 빠진 하늘을 끌고
천형의 푸른 동아줄을 끌고 가는 오리처럼
자식들 다 떠난 뒤에도 노쇠한 집을 지켜 내시는
내 아버지 어머니더라

강 건너 편지

아침이면 새소리에 눈이 떠진다고 편지가 왔다
창 앞으로 하얀 배 내밀며 날아가는 비둘기에 놀라고
새벽부터 아기 울음소리를 내는 까마귀 때문에
알람 맞추는 걸 그만두었다고 편지가 왔다
차량과 취객의 고성방가 속에 잠들던
어제의 나랑 다르다고,
너도 강에 와 귀를 씻어 보라고
눈까지 시원한 푸른 도화지가 펼쳐진다고
강물과 건너 숲과 하늘이
찌든 빨래처럼 구석에 박혔던 내게
괜찮아, 괜찮아,
푸른빛으로 바꿔 주겠다고 편지가 왔다
집 잃은 개처럼 꼬리를 내리고 서성이던 내게
아침부터 소화불량이라고 칭얼대는 내게

하얀 새 한 마리

목이 쉰 겨울비
쿨룩거리는 새벽안개

간밤의 추위를 견디지 못한
하얀 새 한 마리

발 늘어뜨리며 무거워진 날개를 펴고
강을 건너간다

비가 새를 쫓는지
새가 비를 쫓는지
멈추지 않는 빗물 채찍에
찢겨진 하늘 한 귀퉁이를 물고
공중에서 길을 잃은 하얀 새

땅은 여전히 위험하고
하늘은 아직도 낯설다

히로시마 까마귀 2

꿈속의 나는 늘 배가 고프다
꿈속의 나는 늘 집을 잃는다
산동네 골목 밖으로 쫓겨난 이불장처럼
비를 맞으며 추위에 떤다
베란다 창밖엔 늙은 개가 서성이고
나를 쫓던 염소는 집 안으로 들어오지 않는다
꿈속에서 나는 숨이 멎을 정도로 운다
남편이 흔들어 깨워도
아이들이 손을 잡아 주어도
꿈속의 나는 가위에 눌리고
꿈속의 나는 울면서도 깨어나길 거부한다

뒤꿈치 뼈

몇 날을 찾아다녔는지 얼마나 닫힌 문을 두들겼는지 모른다 우체통은 비어 있었다 밤새 기다리다 못이 박힌 발뒤꿈치는 가시를 세워 꿈을 찌른다 언 땅을 후빈다

피어라 꽃아
너는 하늘이 세운 문
두들겨 마침내 열리는 문
너를 향해 나갈 적마다
통증으로 날 깨우는
보폭을 작게, 천천히 걷게 하는
발뒤꿈치에 생긴
사랑의 뼈
넘치는 은혜의 가시

문지방 1

백로야, 너는 어디로 날아가니
나는 히로시마 경교천변에 살고
너도 동해 건너 히로시마 내해까지 들어와 사는데
우린 통성명이 없구나
제 둥지를 등지기는 마찬가지인데
넌 열린 내 문을 넘어오지 않는구나
학명이 다르고
언어가 다르지만
나도 흰 빛과 날개를 흠모하는데
너는 내 기척에
도도하게 날개를 펴고 날아갈 뿐

그래, 너는 문 너머에 살아라
나는 문 안에서 지내는 데 익숙하니
남의 강변을 기웃거린 내가 잘못이다

문지방 2

문을 열어야 그에게 갈 수 있다
문을 열어야 그에게 말 걸 수 있다
문은 등 뒤에서 강물로 넘치다가도
문은 번번이 등 뒤에서 수갑을 채운다
문 앞에 선다
문고릴 잡고 선 시간 속으로
공기 벽이 견고하게 잠기는 걸 듣는다
침묵이 터져나갈 곳을 찾지 못해
제 홀로 채워지는 걸 듣는다
문지방 하나 건너가면 될걸
까짓것 웃음 한 번 흘려 주면 될걸
눈빛 한 번 피하지 않으면 될걸
알면서도 행하지 못하는 어리석음을
불면증에 시달려 보지 못한 문이 낄낄거린다
꽃 피기를 기다려 보지 못한 문이 혀를 찬다

고음 절개선

달팽이관에 구멍이 났나 보다
귀지를 파내도 간지러운 걸 보면 알 수 있다
의사에게 달려가지 않아도 뻔하다

식민지 때 맛본 독도 소유권을 되찾겠다고 히로시마
우익 단체가 내지르는 시위 마이크 잡음에, 인적 없는
조용한 일본인들 주택가를 배회하는 기름지고 번들거
리는 까마귀 울음소리에, 예의바른 침묵을 견딜 수 없다
고 자폐증 젊은이가 터뜨리는 오토바이 굉음에, 가는귀
가 먹은 것일까 원폭 맞은 폐허 위에 잉어와 평화를 길
러 낸 최적의 히로시마 강변에 묻혀 살다가 그만 귀가
쓸모없어진 것일까

꿈속까지 밀려드는 고국의 까치 울음소리에
잠은 토막 나고
내 귀는 고음 절개선이 망가졌다

수상한 바람

바람이 수상하다
날비린내가 난다
몰래 뭘 먹고
내 잠자리까지 파고드는 것일까
내 얇은 달팽이관을 뚫고 들려오는
물기 많은 바이올린 음

바람의 떨림이 수상하다
바람의 발가락은 왜 저리 부었을까
폭염에 새벽잠 잃고
강바닥을 맨발로 쏘다닌 탓일까
하루치 식량을 찾는 왜가리 따라
발목 시리도록 휘젓고 다니기라도 한 것일까

바람이 딴청이다
엘리베이터 없이도 급강하를 시작한다
찌든 땀내 밴 아버지 등을 때린다
산란을 위해 강에서 숲으로

대이동을 시작하는 홍게의 등짝을 민다
바람이 축축하다
문 열어 놓고 새우잠 드신 아버지를 깨워야겠다
바람이 참 수상하다

꿈을 터는 도둑

나는 몽유병 환자
밤이면 집을 빠져나와 꿈의 주머니를 털지
검은 마스크를 쓰고
발자국 남기지 않는 투명 발레화를 신고
불면의 치마폭을 펄럭이며
새벽이 오도록 어슬렁거리지
나는 숨겨진 내연녀
버려진 반쪽자리 꿈

그의 외투 주머니엔 창고 열쇠가 있다네
평생 소비하고도 남아도는 빛 상자들을
남몰래 다락 천장이 닿도록 쌓아 두었다네
빛이 새어 나가지 못하도록
대못을 박아 두었다네
먼지 낀 언어는 필요 없는
돌기가 번뜩이는 빛 날개를 숨겨 두었다네

난 밤마다 잠들지 않는 꿈을 꺼내 뜨개질을 한다네

언젠가 어둠을 벗어날 때 입을 옷을 짠다네

난 몽유병 환자

꿈이 감춰 둔 희망 목록을 탈취하는 도둑이라네

기침

컹컹 개만 짖는 게 아니다
나도 밤만 되면
닫힌 현관문을 긁어 대며
짖는 검은 개다

봄 안개가 속절없이
말만 많은 세상을 감싸 주던 날
히로시마 강변을 따라 온 민들레 꽃씨가
명치 아래 기어든 게 화근이었을까
햇살이 사라지는 밤만 되면
뿌리박지 못한 꽃씨들이 목청을 돋워 울어 댄다
거친 털 날리며
가슴 벽을 타고 오르며
발톱을 세워 목 줄기까지 붉은 상채기를 낸다
어수선한 봄밤이 끔찍하다고
청량한 바람과 교신하게 해 달라고

단서가 없다

모네의 일출엔 도통 단서가 없다
현관에서 내 방문 앞까지
햇살의 발자국은 물론
지문조차 없다
어떻게 진입한 것일까
긴장성 두통이 몰려온다
숨 쉬기가 힘들어진다
불면증을 핑계로
어젯밤엔 꼬박 검은 책*을 뒤적였지만
잃어버린 기억을 좇아 불침번까지 섰지만
도리 없이 아침이다
두껍게 이중으로 벽을 친 커튼도 소용없다
무수한 햇살이 나를 찌른다
모네 역시 도망칠 곳이 없어
목이 꺾인 들판의 수수깡처럼
어깨뼈를 세우고 몸을 움츠리다가
끝내 일출을 도화지 안에 가둔 것일까
어떻게 모네는 해를 잡아 두는 데 성공한 것일까

단서 없는 추적에 두통약만 두 알 더 삼킨다

* 노벨 문학상을 받은 터키 작가 오르한 파묵이 1990년에 쓴 소설
  제목.

김장김치 강론

엄마가 흔들어 깨우신다
별빛이 총총한 새벽부터 절인 배추를 씻자고 부르신다
전날부터 리어카에 실려와
마당에 부려진 오십 포기 배추와 무
큰 드럼통마다 노랗게 익은 배추들이
찬 수돗물에 잠 덜 깬 얼굴로 경련을 일으킨다
광주리 속 무들도 퍼렇게 긴장한다
아버지가 전 날 파 놓은 화단 한구석엔
뱃속을 비워 둔 장독들
꼼짝없이 한겨울 섣달 열흘은 동거해야 한다고
배추김치 옆자리에 총각김치 항아리도 붙어 앉는다

일본 주부들이 김치를 배우러 몰려온다
한국 주부의 매운 손맛을 전수받겠다고 몰려든다
둥근 엄마 항아리 안에서 발효된
코끝을 스미는 싸한 김치향,
긴 겨울을 견뎌 내는 우리네 동화였다는 걸
그들이 알 리 없겠지만,

시고 단 포도

섬을 떠나 왔다
그가 먼저 떠났고
기다리지 못하는 나도 길을 나섰다
파도에 몸을 섞어 태어난 어린 홍게도
뒤돌아보지 않고
바삐 종려나무 숲으로 길을 떠났다
바다는 조용했고
숲은 한껏 푸르렀다
담장엔 붉은 들장미가 시들어 갔지만
닫힌 대문 너머로 포도는 저 혼자 청청하게 익었다
불 꺼진 창 앞에서 그림자 길게 출렁이며
푸르다 못해 남보랏빛 멍으로 영글었다

섬을 떠나 왔다
그는 가고 나도 갔지만
계절 따라
포도는 시고 달게 익었다

3
서울, 뿌리에 걸려 넘어졌다

여물 끓이는 소리

뜨끈하게 끓였으니 많이 먹게,
한 겨울 잘 먹고 쉬어야 내년 봄 다시 일 나가지
하얀 김 뿜어 내며 기분 좋은 듯
눈 한 번 껌벅이며 먹기 바쁜 누렁이소,
할아버지랑 말씀 나누시는 줄 알았다

여든 살 할머니가 소죽을 쑤신다
동 트기 전에 제일 먼저 일어나
가마솥에 물을 붓고 마른 볏짚과
콩 줄기 듬뿍 넣고 여물을 끓인다
허리를 굽히고 지게 한 짐 풀어 불을 지핀다

싸락눈 지분거리는 산골의 새벽
달그락달그락 가마솥 뚜껑 여닫는 소리
구수한 여물 냄새와
할머니 옥양목 치마 서걱대는 소리
누렁이랑 두런두런 이야기 나누는 소리
여든 살 할머니가 소죽을 쑤신다

비빔밥론

프라이팬에 물 한 잔 놓고 점심을 먹는다
창틈으로 비껴드는 바람밖엔
재잘거리는 소리 들리지 않는
침묵만 가득한 오후 세 시에 비빔밥을 먹는다
밥통에서 노랗게 변해 가는 잡곡밥과
명절에 남은 콩나물에 고사리, 취나물을
된장국물과 김치 섞어 비비다가
마른 김 몇 장과 볶은 깨, 참기름 약간 두르면
비행기 기내 음식으로 외국인도 환영한다는
문지방 사라진 웰빙 음식이 탄생한다
클래식과 뽕짝의 경계를 허물고
시와 산문, 그림과 사진, 영화의 경계를 허물고
나이와 국경, 성性의 구분까지 허물고
눈빛 하나로 사랑하고 사랑받는
이념도 목적도 필요 없는 디지털 문화를 만든다
정해진 요리법이며 트릭도 맛내기도 필요 없는
나만의 식사, 나만의 몽상을 비빈다
허공까지 빡빡 긁어 꿈을 먹는다

오월의 숲에 들면

어지러워라
자유로워라
신기가 넘쳐 눈과 귀가 시끄러운
오월의 숲에 들어서면

까치발로 뛰어다니는 딱따구리 아기 새들
까르르 웃다 넘어지는 여린 버드나무 잎새들
얕은 바람결에도 어지럽게
어깨로 목덜미로 쓰러지는 산딸나무 꽃잎들

수다스러워라
짓궂어라
한데 어울려 사는 법을
터득한 오월의 숲에 들어서면
물기 떨어지는 햇살의 발장단에 맞춰
막 씻은 하얀 발뒤꿈치로 자박자박 내려가는 냇물
산사람들이 알아챌까 몰라서
시침 떼고 도넛처럼 꽈리를 튼 도롱뇽 알더미들

그들을 덮어 주려 물웅덩이마다 누운
하얀 아까시 찔레 이팝꽃 무더기들
찾아오는 후손들 없어 잊힌 무덤들조차
오랑캐꽃과 아기똥풀 꽃더미에 덮혀
푸르게 제 그림자 키워 가는 오월의 숲

몽롱하여라
여울저라
구름밭을 뒹굴다 둥근 얼굴이 되는
오월의 숲에 들어서면

뿌리에 걸려 넘어졌다

청계산 오솔길로 들어서다가
나무 뿌리에 걸려 넘어졌다
너럭바위 위에 올라앉은 백 년 소나무가
다리를 어떻게든 뻗어 볼 참으로
등산객들이 터놓은 길을 가로질렀던 것

긴 물관을 바위 밑으로 깔아 놓고
제 새끼 소나무를 불러들여
이 어미 젖을 빨아라 햇살 쪽으로 이사해라
통장 어른이 되어 이 집 저 집 들쑤시느냐고
사람들이 오르내리는 등산길도 마다않고 내뻗었던 것

어느 봄날 청계산 관리소 직원이
자연스레 조성된 소나무 숲을 둘러보다가
너럭바위에 기생한 터줏대감 소나무 푸른 가지에
황금빛 훈장 하나를 매달아 놓고 갔다
"여기부터는 소나무 삼림욕장입니다.
 단, 뿌리에 넘어지지 않도록 조심하세요."

둥근 빛

지하철 계단에서 더덕을 파는 할머니
호객엔 관심이 없는지
고개 숙인 채 더덕만 다듬는다
붉은 흙 덮인 껍질을 무딘 칼로 벗겨 내며
지하철 오고 가는 굉음이며
행인들 몰려가는 발자국 소리
그 한가운데 웅덩이처럼 들어앉아
홀로 고요하다

할머니 얼마예요,
흙 묻은 손가락 네 개 꼽아 보이는
주름 깊은 손바닥 위에
흥정 없이 넉 장을 올려 드려도
시험지 빈 칸을 채우는 학생처럼
눈길 한 번 마주치지 않고 칼질만 하는 할머니

귀갓길을 서두르는 지친 도시인들에게
하얀 살갗 뽀얗게 돋아나는 통통한 봄을

웰빙 찬거리로 안겨 주고 싶었을까

비바람을 피해 지하철로 찾아드는 홈리스들에게

싱그러운 더덕 향내로 삶의 기운을 찾아주고 싶었을까

등 굽은 어둠 속에서

둥근 빛을

빚고 계시는 할머니

초혼굿

발로 차 버려
엄마

먹구름 달아나게
깨진 틈으로 화들짝 보이게
닫혔던 하늘 한 주먹 열리게

엄마가 오줌 지린 이불 홑청을 말리네
푸른 하늘로 아들이 먼저 갈 줄 모르고
종아리 때리던 회초리로
수없이 빨아 하늘이 고스란히 내비치는
포플린 홑청을 탕탕 두들기네

뒤집어 봐도 얼룩이 묻어나는
곰팡내 살아서 장맛 더 깊어지는
장독대 너머 엄마가 찾는 낯익은 목소리

바지랑대 걸린 이불 홑청 하얗게 하얗게

아이 누웠던 작은 방 구들장까지 바싹 마르게
햇살 한 줌 마당에 뿌려 달라 하네
일곱 살에 멈춰 버린 시계를 던지라 하네
불 꺼진 엄마의 지구도 팽개치라고 하네

떠난 아이가 말 거네
발로 차 버려
엄마

꽃은 음흉해

음흉하게 웃는 저들 좀 봐
뺨을 부비는 저 선정적인 몸짓을 봐
어둠 속에서조차 도드라지는 저 윤기
흐르는 색을 좀 봐
멀리서도 오감이 다 열리는 향내로
씨방을 환하게 불 밝히고 있잖아

꽃은 차라리 남성이 맞아
씨를 퍼뜨리기 위해
아프리카 평원을 내달리는 수표범이 맞아
꽃, 꽃이라고 발음해 봐
입을 뾰족이 내밀고 덤비는 꼴이 되잖아
꽃, 꽃,
꽃은 음흉해

용대리 황태

함박눈이 퍼붓기 시작하면
강원도 인제 용대리 사람들은
동해가 내려다보이는 진부령 고갯길에
동녘 끝 칼바람 속에 명태를 줄줄이 넌다

눈보라에 저들끼리 부딪쳐서
댕댕 맑은 종소리를 낼 수 있을 때까지
뼈 속까지 알알이 얼다가 제 스스로
빗장 열고 애벌레가 나비가 되듯
고통이 환희로 탈바꿈 될 때까지
매일 일렬로 들고나기를 거듭한다

끝내 살빛이 투명하게 얼비치고
껍질이 독한 윤기로 피어오를 때까지
영하 사오십 도의 추위를 견뎌 낼 때까지
아낌없는 시련을 받아 내는 전사들,
오고 가는 행인들이 발로 차든
해장국 거리로 방망이를 두들겨도

더는 흔들림 없는 망부석이 되었을 때
용대리 사람들은 그들 앞에 무릎을 꿇는다

이제 너희가 우리를 먹여 살려야 해
돼지 머리와 막걸리 한 사발을 올린다
동상으로 피가 난 손등과 부어오른 발로
엎드려 비는 용대리 사람들 머리 위로
바다가 황금빛으로 걸어나오는 소리 들린다
명태들이 종을 달고 날개 펴는 소리 들린다
물비늘 털고 일어서는 수도승의 행렬이 보인다

곰팡이버섯

닫힌 우물 바닥엔
어둠을 잘라먹고 검푸르러진
곰팡이버섯이 한 움큼 피어 있다
안식을 핑계 삼아
읽다 덮어 둔 철학책 같은 곰팡이들이
제 혼자 상생의 힘을 빌어
우물 담벼락 위로 뻗쳐 오른다

쓰다 만 일기장에 먼지가 앉듯
사랑이란 말이 생소해진 어느 봄날
눈을 떠도 감은 것처럼 물안개가
땅바닥으로 나를 꿇어앉히던 날
우물 뚜껑 틈새로 내비친 희고 푸른 곰팡이는
어느새 제 스스로 일어선 새 생명체였다

나로부터 파생했으나 나도 건드릴 수 없는
독립된 생명체, 독이든 약이 되든
살아서 당당히 걸어나온 곰팡이버섯,

바람과 어둠과 그늘만 가득 찬 우물 바닥에서
새 꿈을 꾸는 생명체였다
꽃까지 피우겠다고 새순을 올리는 꿈버섯이었다

여인목*

    수만 개의 푸른 가시 위로 아침 햇살이 침을 삼킨다 목울대 넘어가는 소리에 식물원 창이 바르르 떨린다 한낮까지 기다리지 못하고 가시 위로 뛰어내리는 발장난 치는 햇살 때문에 가시마다 젖물이 돈다

덜 깬 눈빛으로 얼굴 내미는 홑 떡잎
고통에 못 이겨 입술을 깨물면서도
웃음부터 배시시 내밀고 선
가시 위에 맨발로 티토하고 선 발레리나

내치지 마라
마른 모래바람인들 무엇이 두려울까
네 가시 치마폭을 펼치면
갈증의 사막이 걸어 나올 것을
헛바늘 돋은 까칠한 땡볕을 머리에 이고
차라리 춤을 추자
백만 가시가 찌르면 찌를수록
새빨갛게 타오르는 너의 심연

늘대의 젖을 빨며 저 몽고 벌판
북두칠성 따라 길을 나선
어머니의 어머니
색色으로 공空으로
제 혼자 탯줄을 잘라 내는
여인이여

*아프리카 마다카스카르 섬의 특산종으로 나그네 나무라고도
 한다.

썩는다는 건

애호박이 마술을 부리나
냉장고를 열으니
상표 선명한 애호박이 팩 안에서
고스란히 물이 되었다

물로 고스란히 돌아간다는 건 감사할 일이다
모든 사물은 물이 되어 흐른다는 걸
싯다르타는 진작 깨닫고 부처가 되지 않았던가
책으로 읽고 맘으론 다잡으면서도
썩는 내를 감추지 못하는 난
음식쓰레기 봉지 밖으로 불거진 닭 뼈다귀 같을까
온전히 제 몸을 다 버릴 줄 아는 호박은
아무래도 전생의 싯다르타였나 보다

내 귓속엔 개구리가 산다

내 귓속엔 오래전부터 개구리가 산다
풀밭에 누워 흰 뭉게구름과 속삭인 죄로
올챙이 꼬리가 달팽이관을 간질이는 동안
내내 난 이비인후과 병원 앞에서 망설여야 했다
의사에게 이실직고하고 이놈을 내보내야 하나

개구리가 몸을 한 번 뒤척인다
빛을 쫓아 귓바퀴 쪽으로 나오는지
새끼손가락으로 귓속을 팔라치면
둔탁하게 나자빠지는 소리가 들린다
그놈의 발바닥 한 귀퉁이 마른 껍질이
내 새끼손톱에 달려 나온다

시멘트로 막아 버린 아파트 옆
논도랑 제 집을 잃고 갈 데 없이
내 좁은 귓속으로 찾아온 그놈을 위해
뒤척임이 클 때만 후벼 파는 시늉을 한다
날로 뚱뚱해지는 개구리를 운동시켜 보려고

남의 눈빛이며 말을 귀담지 못해
웅크린 그나 나나 무뎌지는 걸 피해 보려고

내 귓속엔 언젠가부터 개구리가 살고 있다

참새 가족과 홈리스

장마가 그치자
참새들이 고압 전선에 앉아 깃털을 말린다
보금자리를 잃은
대도시의 참새들에게
최적의 안식처가 된 고압 변압기
옆집 앞집 온종일 켜 놓은
케이블 TV와 냉장고, 컴퓨터 덕분에
일 년 사시사철 돌아가는 전류 덕분에
등허리가 따사로운 참새들

서대문 구치소 앞 눅눅한 잔디밭에
텐트를 친 홈리스들이
깃털 사이로 부리를 들이밀고
서로를 긁어 주는
참새 가족을
오래도록 지켜본다

하얀 바지랑대

초가을 짧은 폭양 아래 이불 홑청이
빨랫줄에서 가볍게 그네를 탄다
눈 시린 구름을 베고 누운 앞산도
덩달아 그네를 탄다

녹아내리는 햇살을 이고 선 빨랫줄
하얀 홑청이 받아 내는 햇살 팝콘 튀는 소리
속눈썹에 매달리는 속삭임, 우파니샤드
나를 두고 날아가는 대청마루 위 향불
뭉게구름 주변 너머 하얗게 바래지는
바지랑대, 아버지, 아버지의 밭은기침

모두 일 나간 한낮 대청마루에 걸터앉으면
음영陰影에 갇힌 어린 시절의 들녘
너머, 불콰한 얼굴로 들어서는 아버지 제일祭日
흰 이불 홑청이 까마득히 하늘로 그네를 탄다
한낮의 적막에 나를 태우고 그네를 민다

어디서 날아왔을까

선禪과 아방가르드가 공집합을 찾는 자리
라캉이 선사였겠느냐 아니냐
휴정스님이 아방가르드와 손을 잡았다는 것이냐 아니
냐
이상李箱이 심우도 속으로 걸어들었다는 것이냐 아니
냐

만해 축제에 배석한 시인들은 열무국수 한 그릇에 단
잠 드는데, 아침저녁 염불 소리에 익숙한 떠꺼머리 소나
무만 무색한 제 팔 내저어 인색한 바람을 실어 낸다 잔
바람에도 간지럽다고 샐쭉거리는 붉은 배롱나무가 오늘
은 뜰 앞의 잣나무가 되고 싶은지 소나무 곁에서 점잖게
선禪공부를 하는데 아뿔싸, '선과 아방가르드의 만남'
세미나가 한창인 강당 유리창에 나비 한 마리 어디서 날
아왔는지 통통 날개를 부딪치며 야단법석을 떤다 진흙
소가 큰 울음 울며 뛰어들던 바다가 여기인데, 굽이굽이
발 닿는 대로 푸른 물 드는 솔숲이 바로 여기인데, 낙엽
담은 리어카 아저씨가 흘낏 들여다보며 지나가고 참새

한 마리도 소나무 가지에 앉아 귀 기울이다 날아가고 뭉
게구름도 그늘 한 점 던지며 자리를 뜨고, 결국 비존재
의 언어만 남아 비지땀 흘리고 있다

화두는 그랬다

버려진 무밭에서도 싹은 나온다더니,

첫 시집을 들고 20년 만에 찾아온 제자에게 장호 시인
은 너털웃음부터 지었다 이웃집이 버리고 간 난화분에
서 문득 검은 자줏빛 꽃대가 허공을 차고 나오듯, 대청
마루 밑 어둠 속에서 자주 감자가 황금 연둣빛 싹을 키
워 내듯, 버리고 잊힌 시간을 비집고 맨땅에서 용케 일
어서는 것들로 매년 봄은 새로울 수밖에 없는 것, 죽음
을 밟지 않고는 물구나무서지 못하는 것, 별들이 내려와
어둠 한 켠에 빛 대롱을 달아 주었냐고, 스승은 등산화
끈을 묶으며 한 번 돌아보았다

화두는 그랬다 봄날의 화두는 그랬다 삭혀지지 않는
소화불량이며 낯가림이며, 닳아걸어도 물기 송글거리
는 우물 안으로 어김없이 두레박은 그렇게 던져졌다

버려진 무밭에서 싹은 나오고 말았다

맨드라미 수탉

목 잘린 수탉이
한낮의 오수를 깨운다
잘리다 만 머리를 흔들며
날개를 푸드덕거리며 앞마당을
뛰어다니다 곤두박질치는 몸뚱이
분노와 암담함으로 쏟아지는 붉은 피

수돗가 장독대 옆에서 지켜보던 맨드라미가
수탉 대신 벼슬을 곧추세우고
목울대를 떨며 울어 준다
시뻘건 닭피 같은 꽃 머리를 흔들며
발꿈치를 든다
타오르는 배반의 한여름 햇살 아래

뒷등

너의 그늘이고 싶었다
온몸을 던지는 능소화 꽃그늘이고 싶었다
신발을 끌며 장독대로 올라서는
네 뒷등을 넘겨 보다가
더운 바람이 옷자락을 잡아 당길 때
삐걱거리는 문틈으로 너와 눈길이 마주칠 때까지
능소화 그늘인 양 담장 아래 서 있고 싶었다

어깨를 치는 넝쿨이 있으면 조심해라
동굴 속으로 끌어들이려는 안간힘이니
종아리가 붓도록 기다리다 뻗치는 간절함이니
떨어진 능소화 꽃판 위로 허리 시큰하도록
올라앉는 인욕의 허리끈이니

무엇이 이토록 간절한 것이냐
어둠인 양 한 자리를 지키게 하는 것이냐
등을 대 준 죽은 고목조차 부러워
네 뒷등을 향한 채 저리 목을 꺾고 선 것이냐

봄 수다

연애 한 번 해봤냐고 묻는 게 생뚱맞지요
봄이 멀다는 소리가 거짓 같지요
스쳐가는 봄바람따라 윙크 한 번
못해 봤다는 중년 여인네들
실눈을 뜬 채 시치미를 떼는 게 좀 그렇지요

지난 가을 숲으로 간 사람은
그늘 깊은 나무가 되었는지
목마른 골짜기가 되었는지
시침 떼며 등판 때리는 바람이 되었는지
아무나 붙들고 물을 수도 없고
낙엽은 또 저 홀로 떨어지며 가슴에 숨고

바깥일 모르는 척 길게 누웠지만
봄이 다녀가는 기척에 속이 황황하네요
한바탕의 연애는 물론이고
꽃비 맞으며 걷자는 전화
한 번 없다는 중년 여인네 곁에 껴 앉아서

봄비는 질척거려서 나가기 싫다면서도
시선은 밖을 향한 채 실죽거리는 게 생뚱맞지요
결국에는 싹이 또 트고 마는
봄을 모른다는 게 거짓 같지요

유월

유월 젖은 바람에
숨이 막히네
잠들지 못하네
심장에 매달린 어지러운 말벌 떼
토하고 싶네
굵게 패인
사랑선 손금에
아카시아 하얀 꽃물이 떨어지네

바닐라 향 짙은 바람은
귓바퀴를 핥고
붉은 꽃점을 찍어
등 돌린 당신에게로 날아가네
손을 놓네
아카시아 꽃잎이 날아오르네
당신이 남기고 간 젖은 바람에 취해

찔레꽃에 잠들다

카메라를 들이대고 다시 찍어 본다
여러 장 겹친 것도 아닌데, 왜일까
손으로 직접 찔레꽃잎 한 장을 벌려 놓다가
아뿔싸, 떨어지는 꽃잎 한 장
아니 검은 물체 하나
아니, 아니, 벌 한 마리
중천이 다되도록 꽃더미에 파고들어
뺨 부비며 속삭이다 사랑을 먹다 즐기다
꽃잎 자락 덮고 누워 잠이 든 모양
아침 해가 숲을 깨우고
하늬바람이 치근덕거리며 눈치를 줘도
일어날 낌새가 없는 꿀벌,
얼마나 꽃술을 빨았으면 후들거려 일어서질 못할까
얼마나 취했으면 독침 쏘는 것도 잊었을까

뒤돌아보니
숲은 온통 사랑놀이 중,
속삭이는 탄성에 귀가 따갑다

동북아 삼국의 제재와 서정의 확장

공 광 규

아마 한국 시단에서, 어쩌면 동북아시아나 세계의 시단에서 동북아시아 3개국의 서정적 경험을 한 권의 시집으로 묶어서 내는 것은 김금용 시인이 처음일 것이다. 김금용 시인은 외교관인 남편과 수십 년 간 외국 생활을 하다가 최근에 국내에 안착했다. 본 시집은 국내에 안착하기 이전에 살았던 중국과 일본의 경험 제재를 형상화하여 중국, 일본, 한국 순서로 묶고 있다.

시골이나 도시에서도 맞붙어 있는 바로 이웃집과 경쟁과 싸움을 하듯이, 강을 사이에 두고 이웃한 한국과 중국, 바다를 사이에 두고 이웃한 한국과 일본은 늘 경쟁과 전쟁과 화해를 계속해 왔다. 세 나라 사이의 경쟁과 전쟁과 화해는 나라가 사라지지 않는 한 피할 수 없는 지리적 운명일 것이다. 이러한 지리적 운명과 인간 생존의 원리를 이해할 때 한·중·일 관계를 좀 더 객관적으로 전망할 수 있을 것이다.

이를테면 일본의 자연이나 한국의 자연은 한 가지이고, 한국인이나 일본인도 똑같은 인간이라는 생각을 하는 것이다. 이러한 보편적이고 균형자적 시각이어야 인간 관계는 물론 국가 관계가 평화를 유지할 수 있을 것이다. 이러한 세계관은 김금용의 시에서도 발견된다.

일본이건 한국이건
산들도 혼자 떨어져 있긴 싫은 걸까
산끼리 어깨를 감싸고 선
히로시마 근교 산단교 골짜기에 들어서면
낯선 외지 사람이 왔다고
삼나무 숲이며 산길이 숨을 죽인다
발자국 내딛을 때마다
수줍은 고향 마을 아이들처럼
나무 뒤에서, 너럭바위 뒤에서
저들끼리 키드득거리느냐고
가지 사이로 햇살 밟히는 소리
산 그림자 흔들리는 소리
귀가 먹먹하다

산새들은 모두 어디 숨었을까

도시의 온갖 구린 냄새와 자동차 소음을

끌고 들어온 나를 내치는 것일까

삼나무 뿌리를 휘감는 계곡물에

세족洗足부터 하라고

새들까지 일본인들처럼 숨죽여 지켜보는 것일까

계곡물 따라 걷고 또 걸어도

끝내 풀지 못하는 저들의 화두

오늘은 여기 계곡에 발 담고 손 씻으며

숨죽인 천뢰天籟에 귀 다 내놓고

저들의 속 이야기 좀 들어야겠다

뿌리 등걸에라도 앉아서 기다려 봐야겠다

—「산단교三段峽에 들어서면」 전문

　화자는 일본 히로시마 근교의 산단교 골짜기에 여행 중이다. 산단교는 국립공원으로 폭포와 구름다리, 가을 단풍과 삼나무가 유명한 긴 협곡이다. 한국에서도 사람들이 트레킹 여행을 가는 것으로 알려져 있다. 화자는 시의 서두에서 "일본이건 한국이건/ 산들도 혼자 떨어져 있긴 싫은 걸까"라며 산단교의 정경을 주관화하여 진술한다. 우주적 지리적 시각으로 봤을 때 모든 사물의 원리와 인정은 똑같다는 것이다. 한국이나 일본에 있는 산들이, 사물이 똑같다는 만물동근萬物同根의 우주적 시각이 깔려 있다.

그러나 인간이 자연을 대상화하면서 자연과 인간의 관계는 단절되었다. 인간은 자연을 개발 대상으로 보거나, 인간에게 무엇인가를 가져다주어야 하는 피지배의 존재로 인식하는 습관을 가지고 있다. 이런 관계에서는 자연과 인간은 서로 섞이는 소통의 관계가 아니다. 화자가 골짜기에 들었을 때 골짜기는 "낯선 외지 사람이 왔다고/ 삼나무 숲이며 산길이 숲을 죽"이고 있다.

　화자는 자연과의 소통을 기다리다가 나무 뒤에서나 너럭바위 뒤에서 "수줍은 고향 마을 아이들"의 키득거리는 소리를 듣는다. 나뭇가지 사이로 햇살이 밟히는 소리를 듣고 산 그림자가 흔들리는 소리를 듣는다. 화자는 이 소리에 귀가 먹먹하다고 한다. 2연에서는 산새들이 어디에 숨어서 보이지 않는다고 한다. 새들이 숨은 이유는 도시에 사는 화자에게서 나는 구린 냄새와 자동차 소음 때문이라는 것. 화자는 새들이 "삼나무 뿌리를 휘감는 계곡물에/ 세족부터 하라고" 일부러 숨은 것으로 상상한다.

　그런데 화자는 숨어서 자신을 보고 있을 새들을 생각하다가, 자신을 지켜보았던 일본인들과의 경험을 생각해 낸다. 계곡을 걷고 걸어도 일본인들이 숲속의 새들처럼 숨죽여 지켜보는 이유를 풀지 못한다. 계곡에 손을 씻고, 천뢰에 귀를 내놓고 뿌리 등걸에 앉아서 기다려 봐야겠다고 다짐한다. 시인은 산단교라는 구체적 계곡 여행에서 깨달은 만물동근의 원리, 인간과 자연의 교감, 일본인을 이해하려는 노력을 깊은 사유로 보여 주고 있다.

김금용은 일본에서의 경험을 민족이나 조국과 연관시키지 않고, 경험 대상을 시인의 감성으로 채취하기도 한다. 누구나 민족이나 조국 이전에 인간 개인의 취향과 정서적 감회가 있는 것이다. 그 가운데 「산음山陰을 지나며」라는 시가 있는 데, 정경을 묘사하는 문장이 유려한 수작이다.

산 그림자 길어

봄이 한창 늦은 산음山陰 마을

잔설이 발목을 잡아

빠져나가는 길이 고되다

오죽하면 도연명의 출운山雲을 마을 어귀에 걸어 놓고

지나는 이의 마음을 붙잡을까

아랫마을은 모가지 채 떨어지는 동백이

온 숲을 붉게 물들이는데

여전히 눈 덮인 산음山陰 마을의 지붕들은, 길은,

수심 많은 산골 여인네를 닮았는지 돌아보게 한다

봄비도 그 마음 어찌 알고

산길 뒤따라오며 길을 지운다

해는 짧아 산새 날갯짓 소리까지 멈춰 버린 산음 마을

봄비 앞세워 떠나가는 이와

돌아올 당신을 챙기는

산그늘 길게 굽은 산길이

더디고 깊다

—「산음山陰을 지나며」 전문

이 시의 소재인 산음은 원래 중국 절강성 소흥에 있는 지명이지만, 한국과 일본에도 있다. 서예 공부를 할 때 왕희지의 '난정서'를 임서할 때 나오는 지명인데, 이런 중국의 문화가 흘러가 지명이 된 것이다. 중국의 산음은 남송의 문인 육우가 태어난 곳이기도 하다. 육우는 많은 산문과 1만여 편의 시를 남겼다고 한다. 간단하고 솔직한 표현과 사실주의적 묘사로 당시 고상하고 암시적인 시풍과 다른 시를 써서 명성을 얻었다. 시에서 뜨거운 애국심을 표현하여 지금까지 중국의 애국 시인으로 불린다. 직언을 잘하여 벼슬이 높이 오르지 못하자 사임을 하고 고향인 산음에서 도연명의 시를 읽으면서 전원 생활을 예찬하는 시를 썼다고 한다.

화자는 잔설이 남은 봄, 일본의 명승지인 일본 산음 지역을 지나며 얻은 감회를 유려한 문장으로 진술하고 있다. 비록 일본 산골이지만, 도연명의 시를 걸어 놓고 마음을 붙잡고, 동백꽃과 마을의 집과 길도 여행객을 붙

잡는다. 봄비도 길을 지운다. 이러한 길을 지나오는 화자
의 걸음은 더디고 더딜 뿐이다.

　김금용은 한국인이 이웃나라인 일본에서 겪은 처참한
사례를 시로 진술한다. 60년 전 히로시마에서 원폭을 맞
은 시아버지도 그 가운데 한 사람이다.

　　어젯밤 꿈에 기차가 찾아왔다
　　히로시마에서 원폭 맞은 시아버님을 싣고,
　　뉴욕과도 바꾸고 싶지 않다던
　　피폭 전 청년 모습으로 오신 아버님,
　　60년이나 지나서야 히로시마를 찾아든 나의 남편에게
　　당신의 청춘, 풀지 못한 유한有恨을 부탁하시는 것일까
　　고름은 피가 되는 게 아니라던
　　몸속의 혹은 잘라 내는 게 최선이라던 아버님 말씀,
　　독도와 위안부 문제 등등
　　민족의 상처를 들깨우는 2012년 8월,
　　일본은 군사 대국이 되어서는 안 된다고
　　일본이 평화 국가가 되지 않는 한
　　죽어도 눈 감을 수 없다던 시아버님께서
　　형형한 눈빛으로 날 찾아오셨다
　　6천 도의 지열에 덴 얼굴을 내게 돌리시고
　　저 생에서도 어둔 그늘에 가려진

축축한 몸을 주물러 달라 하신다

—「8월 6일 꿈」 전문

화자의 시아버지는 1945년 8월 6일 히로시마에서 원폭을 맞았고, 60년이 지나서 화자의 남편이자 원폭 맞은 시아버지의 아들이 히로시마 총영사로 근무를 하게 된다. 국경을 넘는 역사적 우연이고, 그곳이 세계 원폭의 이슈 생산지인 히로시마라는 점에서 세계사적인 우연이다. 아들인 히로시마 총영사에게 아버지가 기차를 타고 찾아온다. 꿈이다. 히로시마를 기차로 다시 방문하여 화자의 남편에게 "당신의 청춘, 해결 안 된 숙제를 부탁"한다. 시아버지는 화자에게 "일본은 군사 대국이 되어서는 안 된다고/ 일본이 평화 국가가 되지 않는 한/ 죽어도 눈 감을 수 없다"고 하였다. 6천 도의 지열에 얼굴을 덴 원폭의 직접적 피해자인 시아버지는 화자에게 "저 생에서도 어둔 그늘에 가려진/ 축축한 몸을 주물러 달라고" 주문을 한다.

「재일교포 3세, 조씨」는 일본에 불법 입국한 할아버지와 그 손자들이 겪는 외국살이의 고단함을 이야기하고 있다. 60년 전에 건너온 할아버지는 일본인으로 살지만 여전히 참정권이 주어지지 않고, 위조 여권을 만들어 다른 사람의 성을 빌려 살고, 아버지도 결혼을 했지만 원래의 성을 찾지 못한 채 차별을 받는 생활을 한다. 불법체류 강제 추방 기한을 넘겨 조상의 성을 찾았지만 돌아갈 고국이 없다. 이들은 한일 관계가 나빠지면 같이 험한 시위에 몰리는 국적 없는 영원한 외국인의 삶이다.

「이국의 비」는 히로시마에서 비를 맞으며, 그 감회를 역사적 사건들과 엮어서 진술한 시이다. 후쿠오카 감옥에서 죽은 시인 윤동주와 나가사키 군함도 탄광에 수몰된 조선 징용자가 맞는 비다. 그리고 2014년 현재 히로시마에서 화자가 맞는 비를 통해 역사와 현재를 비극적으로 형상화하고 있다.

윤동주 시인이 후쿠오카 감옥에서 맞았던 비는
나라 잃은 국민이어서
도리 없이 무릎 꺾였던 씁쓰레한 비

나가사키 군함도에 수몰된
장생 탄광에 수몰된
조선 징용자들이 맞던 비는
검은 땀과 피로 얼룩진 검은 비

2014년 히로시마에서 내가 맞는 비는
외세 침입 한 번 없이 정부에 순종해 온

전체주의적 질서에 눌린 냉랭한 비
— 「이국의 비」 부분

인간은 자신의 생명을 보호하기 위해 민족과 국가라는 집단을 만들어 다른 집단과 생존이나 이익을 두고 경쟁한다. 이것이 격화되면 전쟁이 되는 것이다. 하지만 개인들은 수없이 국경을 넘나들며 개인의 생존을 꾀한다. 나라가 정치적 · 경제적으로 어려울 때 국경을 넘어 대거 이민을 하는 이유가 그것이다. 김금용의 「이국의 비」에서처럼 "내 땅 내 말이 아닌 채/ 일본에선 재일교포로 중국에선 조선족으로/ 러시아에선 고려인으로 돌아갈 날을 기다리"고 있지만, 한번 옮겨 정착한 곳에서 주거지를 옮기기란 쉽지 않다. 국경을 넘어서 옮기는 일은 더욱 어렵다. 그래서 그대로의 집단을 이루어 문화를 보존하면서 산다.

조선족 명성 마을에 과꽃이 피었습니다.
어머니 나라 사람들 온다고 신작로 만듭니다
과꽃을 심어 놓고 손 흔듭니다
백 년 간 지켜 낸 조선말,
마침내 한국 동포 온다고
조선족 할머니 할아버지 과꽃이 되었습니다.

색색의 한복을 차려입고 과꽃이 되었습니다

가마솥에 찐 옥수수와 고구마를 바구니 채 건네며

주름 그늘 깊게 눈웃음 터뜨립니다

고추며 가지 상추를 심어 놓은 울안 텃밭에도

두만강 건너온 고향 햇살이 넘칩니다.

시선만 마주쳐도 눈시울 젖는 두만강 유역에

서툰 한글로 명성촌이라 써 놓은

이정표 앞에 과꽃이 사무치게 붉고 밝습니다

고구려 때부터 지켜 낸

조선족 집성촌이

초가을 햇살을 등에 업고

함께 과꽃인 양

제 색에 겨워 저들끼리 출렁입니다

　　　　　　　　　　　　　　──「과꽃 마을」 전문

　중국의 조선족 명성 마을은 중국 동북의 흑룡강성 녕안시 강남향에 있는 조선족 마을이다. 인터넷 검색을 하여 보니 2013년 현재 3천~4천 가구에 조선족 1만 명이 산다는 기록이 나온다. 시인의 남편이 선양의 총영사로 재직시인 2010년 무렵 한옥 마을을 집중 개발했다. 이 조선족 마을 사람들이 "어머니 나라 사람들"이 온다고 신작로를 만들고 과꽃을 심으며 환대하는 모습이 눈에 선하다. 백 년 동안 지켜낸 조선의 말과 한복이 그대로 재현된다. 가마솥에 찐 옥수수와 고구마 바구니를 건네는 풍습도 그대로다. 고추와 상추를 키우고, 두만강 건너의 햇살도 고향의 햇살과 다르지 않다. 한글로 명성촌이라고 쓴 이정표도, 한국의 화단에서 만나는 과꽃도 사무치게 붉고 맑다. 물론 이곳은 고구려 때부터 살아온 조선족 집성촌이다. 화자는 명성촌을 방문하면서 본 정경을 단순한 서술 어법의 짧은 문장으로 진술하고 있다. 그러다가 마지막 부분에 와서야 방문의 감회를 "초가을 햇살까지 몰려들어/ 함께 과꽃인 양/ 버스가 떠난 뒤에도/ 제색에 겨워 저들끼리 출렁"인다고 한다.

서탑엘 간다

중국 동북의 수도 선양시 서탑 거리를 간다

70~80년대식 카바레에

역전 식당식 간판이 요란한 서탑엘 간다

고구려 땅이었다가

독립군 활동이 뜨겁던 봉천奉川이었다가

모국은 한국이나

조국은 중국인 조선족 거리에

북한 사람과 탈북자까지 뒤섞인

한국 교민의 거리

서탑엘 간다

한국의 역사가

백제원, 신라성, 고려원, 이조가든으로 나붙은 거리

북한의 모란각, 평양관, 동묘향관이 나란히 선 거리

신사임당 · 가야원 떡집, 남원추어탕, 전주집도 모자라

서울가마솥, 수원갈비, 황해노래방, 부산사우나로 간판
을 내건 거리

모국어 하나면 다 통하면서도

중국인인 척, 한국인인 척, 조선족인 척,

북한인은 모른 척 아닌 척

어깨를 스치다 된장국 한 그릇에 마음을 여는 거리

다른 나라 이름을 멍에로 달고

패인 웅덩이마다 회한이 봄비로 질척이는 거리

한국어가 국경선 도시 단동 앞 압록강 너머

신의주 너머 38선 너머

고구려 바람에 이끌려 뒤엉키는

중국 속의 한민족의 거리,

서탑엘 간다

—「서탑 거리」 전문

화자는 중국 선양에 있는 서탑 거리에 가면서 한국의 70, 80년대식 카바레와 역전 식당식 간판이 요란한 상가를 만난다. 이곳 서탑은 한때는 고구려 땅이었고, 독립군 활동의 본거지인 봉천이었고, 모국은 한국이나 조국은 중국인 조선족의 거리라고 정보를 시를 통해 준다. 북한 사람과 탈북자까지 뒤섞인 한국 교민의 거리이다. 이곳에 나붙은 간판들은 한국 역사와 관련이 있고, 현재 남북한의 지명과 유명한 음식들을 간판으로 달고 있다. 여기서 화자가 말하고자 하는 것은 "모국어 하나면 다 통하면서도/ 중국인인 척, 한국인인 척, 조선족인 척" 하는 태도들이다. 결국 서탑 거리는 "다른 나라 이름을 명에로 달고/ 패인 웅덩이마다 회한이 봄비로 질척이는 거리"라는 비애감이 드는 공간이다. 이 중국 속의 한민족 거리 서탑에서 화자는 민족은 하나이나 나라가 다른 비애를 속도감 있는 문체로 진술한다.

한국에서의 시편들 가운데 「오월 숲에 들면」은 "까치발로 뛰어다니는 딱따구리 아기 새들/ 까르르 뒤로 넘어지는 어린 버드나무 잎새들/ 얕은 바람결에도 어지러운 듯/ 어깨로 목덜미로 쓰러지는 산딸나무 꽃잎들"이 풍성한 오월의 풍경을 경쾌하게 진술하고 있다. 결국 화자는 오월의 황홀하고 광휘로운 숲에 들어 "몽롱하여라/ 어울져라/ 구름밭을 뒹굴다 둥근 얼굴이 되는/ 오월의

숲에 들어서면" 이라고 환호한다. 「여물 끓이는 소리」는
소죽을 끓이는 할아버지와 할머니, 누렁이소가 있는 시골
집의 정경을 소담하게 그리고 있다. 「둥근 빛」은 지하철
계단에서 더덕을 다듬어 파는 할머니를 통해 "참 둥근" 삶
을 발견한다. 오월의 숲에서 보여 주는 활달한 환호나 시
골 정경에서 보여 주는 소박한 소통, 할머니의 고요하고
원만한 행위 진술에서 시인의 다양한 자아를 발견할 수 있
다. 「비빔밥론」은 김금용의 또 다른 통섭과 광대무변의 자
아를 확인할 수 있는 시편이다.

프라이팬에 물 한 잔 놓고 점심을 먹는다

창틈으로 비껴드는 바람밖엔

재잘거리는 소리 들리지 않는

침묵만 가득한 오후 세 시에 비빔밥을 먹는다

밥통에서 노랗게 변해 가는 잡곡밥과

명절에 남은 콩나물에 고사리, 취나물을

된장국물과 김치 섞어 비비다가

마른 김 몇 장과 볶은 깨, 참기름 약간 두르면

비행기 기내 음식으로 외국인도 환영한다는

문지방 사라진 웰빙 음식이 탄생한다

클래식과 뽕짝의 경계를 허물고

시와 산문, 그림과 사진 영화의 경계를 허물고

나이와 국경, 성性의 구분까지 허물고

눈빛 하나로 사랑하고 사랑받는

이념도 목적도 필요 없는 디지털 문화를 만든다

정해진 요리법이며 트릭도 맛내기도 필요 없는

나만의 식사, 나만의 몽상을 비빈다

허공까지 빡빡 긁어 꿈을 먹는다

───「비빔밥론」 전문

　비빔밥은 한국을 대표하는 음식 가운데 하나이다. 그 릇에 재료를 몰아 넣고 섞으니 간편하고 재료도 야채 중심이어서 최근에 유행하는 웰빙 식단에도 그만이다. 화자는 프라이팬에 물 한 잔을 놓고 점심에 비빔밥을 만들어 먹는 중이다. 그것도 오후 3시에 먹는 늦은 점심이다. 밥을 한 지가 오래 되어 노랗게 변해 가는 잡곡밥과 명절에 남은 나물 음식, 그리고 여러 가지를 섞어서 비비다가 "비행기 기내 음식으로 외국인도 환영한다는" 것을 기억해 낸다.

　상상은 여기서 멈추지 않는다. 외국인이 국경을 넘어서 좋아하는 것을 클래식과 뽕짝의 경계, 시와 산문의 경계, 그림과 사진 등 예술의 경계 허물기까지 상상을 확대한다. 거기서 나이와 성의 경계 허물기까지 치닫는다. 결국은 정해진 요리법과 맛내기도 없는 무경계의 비빔밥 요리 방식은 "나만의 식사, 나만의 허락된 존재와 몽상을 비비는"데까지 이른다. 시인은 비빔밥을 먹던 경험을 상상으로 확대하여 예술의 양식과 국경, 이념의 경계 허물기까지 확장시키고 있다. 끝내는 허공까지 긁어서 섞겠다니 상상이 무변의 경계까지 이른다.

누구나 경험한 만큼의 제재와 사유한 만큼의 세계를 시로 쓰지만, 지금까지 중국·한국·일본 세 나라에서 다년간 거주하며 그 경험을 한 권의 시집으로 낸 사람은 김금용 시인이 처음일 것이다. 그런 의미에서 김금용의 이번 시집은 한국 문학사는 물론 동북아 문학사, 세계 문학사에서 처음을 기록할 것이다.

그런데 이 시집이 갖는 더 큰 의미는 동북아시아 3개국의 서정적 경험을 한 권의 시집으로 묶었다는 것 외에 한국 시단에 서정의 범위를 확장했다는 것이다. 개인 신변 위주의 시시콜콜한 일상에 관한 잡담이나 정제되지 않은 욕망을 이해 불가한 잡담으로 쏟아 내는 한국 시단에 김금용의 시는 동북아 3국의 경험을 제재로 채택하여 서정 범위를 확장했다는 의미를 갖는다.

김금용 시인

동국대 국문과 졸업.

중국 베이징 중앙민족대학원 졸업.

1997년 《현대시학》으로 등단.

시집으로 『광화문 쟈콤』, 『넘치는 그늘』,

번역 시집 『문혁이 낳은 중국 현대시』,

『나의 시에게』 등이 있다.

2008년 펜번역문학상, 2013년 동국문학상 수상.

e-mail : poetrykim417@naver.com

핏줄은 따스하다, 아프다

김금용 시집

초판 1쇄 발행일   2014년 8월 25일

초판 2쇄 발행일   2015년 12월 10일

지은이 · 김금용

펴낸이 · 김종해

펴낸곳 · 문학세계사

주소 · 서울시 마포구 신수로 59-1(04087)

대표전화 · 02-702-1800   팩시밀리 · 02-702-0084

이메일 · mail@msp21.co.kr

홈페이지 · www.msp21.co.kr(문학세계사)

페이스북 · www.facebook.com/munsebooks

출판등록 · 제21-108호(1979.5.16)

값 8,000원

ISBN 978-89-7075-588-5   03810